AF509476

PIRAME

ET

THISBÉ,

TRAGÉDIE,

REPRÉSENTÉE POUR LA PREMIERE FOIS
PAR L'ACADÉMIE-ROYALE
DE MUSIQUE,

Le 17 Octobre 1726.
Reprise le 26 Janvier 1740.
Et Remise au Théâtre, le Mardi 23 Janvier 1759.

PRIX XXX SOLS.

AUX DÉPENS DE L'ACADÉMIE,

A PARIS, Chez la V. DELORMEL & FILS, Imprimeur de ladite
Académie, rue du Foin, à l'Image Ste. Geneviéve.

On trouvera des Livres de Paroles à la Salle de l'Opera.

M. DCC. LIX.

AVEC APPROBATION ET PRIVILEGE DU ROI.

Les Paroles de feu M. DE LA SERRE.

La Muſique de Meſſieurs REBEL & FRANCŒUR,
Sur - Intendants de la Muſique du Roi.

ACTEURS CHANTANTS
DANS LES CHŒURS.

Côté' du Roi.		Côté' de la Reine.	
Mesdemoiselles.	*Messieurs.*	*Mesdemoiselles.*	*Messieurs.*
Larcher.	Lefevre.	D'alliere.	S. Martin.
De Cazau.	Le Page.	Massont.	Gratin.
Letourneur.	Rosé.	Lachantrie.	Albert.
Chefdeville.	Jaubert.	Salaville.	L'Écuyer.
Durand.	Scelle.	Dauger.	Tourcaty.
La Croix.	Rose.	Héry.	Chappotin.
Dubois c.	Robin.	Edmée.	Feret.
Flamery.	Antheaume.	Emilie.	Favier.
	Parant.	Roussel.	Du Perrier.
			Artique.

ACTEURS CHANTANTS.

NINUS, *Roi d'Affirie,*   Mr Poirier.

ZORAIDE, *Fille de* ZOROASTRE,

     deftinée à NINUS,   Mlle Chevallier.

PIRAME, *Prince du fang,* &

     Général des Armées de NINUS,   Mr Larrivée.

THISBÉ, *Fille de Belus, frere*

     de SÉMIRAMIS,   Mlle Arnoud.

ZOROASTRE, *Roi de la grande*

     Bactrianne,   Mr Gélin.

UNE ASSIRIENNE.   Mlle Dubois, l.

PREMIER AFRICAIN.   Mr Muguet.

SECOND AFRICAIN.   Mr Defentis.

PEUPLES ASSIRIENS.

TROUPE DE GNOMES ET DE SILPHIDES.

La Scêne eft à BABILONE.

PERSONNAGES DANSANTS.

ACTE PREMIER.
GUERRIERS.
M^r. LAVAL.

M^{rs}. Henry, Hus, Rivet, Desplaces, Granger, Valentin.

ASSIRIENNES.
Mlle. CARVILLE.

Mlles. Morel, Martigny, Thételingre, Armand, Siam, Gallodier.

ACTE SECOND.
MAURES.
M^r. LANY.

M^r. VESTRIS.

M^r. LYONNOIS.

M^{rs}. Lelievre, Dubois, Levoir, Sciot.

AFRICAINS.
M^{rs}. Dupré, Trupty, Hamoche, Gardel.

ASIATIQUES.
Mlle. LANY.

Mlle. LYONNOIS.

Mlles. Couppé, Chaumard, Riquet, Demiré, Mescar, Deschamps, La Cour, Blin.

ACTE TROISIEME.

BERGERS & BERGERES.

Mlle. PUVIGNÉE.

Mr. LELIEVRE.   Mlle. RIQUET.

Mr. DUBOIS.   Mlle. DEMIRÉ.

Mrs. Feuillade, Béat, Trupty, Levoir, Sciot, Gardel.
Mlles. Morel, Thételingre, Armand, Procope,
Le Clerc, Valentin.

ACTE QUATRIEME.

ESPRITS TERRESTRES.

Mr. VESTRIS.

Mrs. Hyacinte, Rivet, Henry, Trupty, Hus,
Defplaces, Hamoche, Granger.

ESPRITS AÉRIENS.

Mlle. VESTRIS.

Mlles. Couppé, Mefcar, Morel, Martigny,
Defchamps, Blin, Le Clerc, Valentin.

PIRAME
ET
THISBÉ,
TRAGÉDIE.

ACTE PREMIER.
Le Théâtre représente la Façade du Palais de N i n u s.

SCENE PREMIERE.
ZORAIDE, THISBÉ.

ZORAIDE.

R I E N ne sauroit calmer ma crainte,
Le perfide ne m'aime plus ;
Dans ses soins les plus assidus
Je m'apperçois de sa contrainte :
J'ai perdu le cœur de Ninus.

THISBÉ.

Jufqu'ici de Ninus la bouillante jeuneffe
A cherché, dans la guerre, un deftin glorïeux ;
Cher gage de la paix, vous venés en ces lieux ;
Ninus vous voit, il rêve, il foûpire fans-ceffe...

ZORAIDE.

J'aurois déjà reçu fa foi,
S'il foûpiroit encor pour moi.

Quand j'arrivai fur les bords de l'Euphrate,
Mon cœur n'étoit qu'ambitïeux ;
La gloire de régner n'a plus rien qui me flate.
Ah ! fi Ninus, privé du rang de fes Ayeux,
Brûloit encor pour moi d'une flâme conftante;
Exilée avec lui dans les plus triftes lieux ,
De mon fort je ferois contente.

Mais une plus heureufe amante....

THISBÉ.

Qui peut vous infpirer ces fentiments jaloux ?

ZORAIDE.

Trop aimáble Thisbé , c'eft vous.

THISBÉ.

Moi ?

ZORAIDE.

Vos attraits, votre naiffance,
Vont vous placer au rang qui m'étoit deftiné.

THISBÉ.

THISBÉ.

Moi, je vous ravirois la suprême puiffance !
Cet injufte foupçon m'offenfe.

ZORAIDE.

Refufe-t-on les vœux d'un amant couronné ?

THISBÉ.

Eh, qui peut ébranler mon ame ?
L'Amour y fait régner Pirame.

ZORAIDE.

Ninus connoîtroit-il le fecret de vos cœurs ?

THISBÉ.

Il ignore des nœuds formés dans fon abfence.
Un doux hymen flatoit notre efpérance ;
Sémiramis approuva nos ardeurs.
Le Roi vient...

ZORAIDE.

A fes yeux cachons mon trouble extrême ;
Je fuis.

THISBÉ.

Je ne faurois vous laiffer à vous-même.

SCENE II.
NINUS, PIRAME.
NINUS.

Viens jouïr des honneurs qu'on t'apprête en
ces lieux.

Par tes exploits l'Univers est tranquille,
Les Medes déſarmés, & mes Sujèts heureux.
Pirame, pour moi ſeul ta gloire est inutile :
En toi j'aime un ami, ſi j'honore un héros :
Daigne prendre part à mes maux.

PIRAME.

Quels maux, Seigneur ?

NINUS.

Je céde au tranſport qui me guide.
Roi redoutable, amant timide,
Je ne ſuis plus flaté d'une vaine grandeur :
Je ne ſens que l'Amour, qui gémit dans mon cœur.

PIRAME.

Eh quoi ! l'aimable Zoraïde
Est-elle inſenſible à vos ſoins ?

NINUS.

Je ſerois moins perfide,
Si Zoraïde m'aimoit moins.

PIRAME.

Trahiriés-vous ainsi vos serments, votre gloire?

NINUS.

La Fille de Bélus remporte la victoire.

PIRAME.

Quoi? c'est Thisbé, Seigneur!

NINUS.

Et quelle autre en ce jour
Me causeroit de si vives allarmes?
Tu connoîtrois l'excès de mon amour
Si, comme moi, tu connoissois ses charmes.

Trop jalouse de sa grandeur,
Dans les combats, dans le carnage,
Loin de ces lieux, la Reine occupoit mon courage:
J'ignorois les plaisirs d'une tendre langueur.
Un seul instant de notre sort décide:
Je croyois aimer Zoraïde;
Je vois Thisbé, je connois mon erreur.
Lorsque sur tant d'attraits je jette un œil timide,
L'Amour, ce dieu perfide,
Arme sa main d'un trait vainqueur;
Le trait vole, & perce mon cœur.

PIRAME.

Zoroastre est puissant: redoutés sa colere.

N I N U S.

Pirame, de ton Roi fi l'amitié t'eft chere,
A mon amour ceffe de t'oppôfer.

P I R A M E.

Craignés un roi, craignés un pere.

N I N U S.

Tu peux m'aider à l'appaifer.

SCENE III.

NINUS; PIRAME, ZORAIDE, THISBÉ,

Z O R A I D E.

Seigneur, fans-ceffe la Victoire
Vous offre de nouveaux lauriers :
Permettés qu'en ce jour, pour chanter votre gloire,
Nous nous joignions à vos Guerriers.

N I N U S, montrant PIRAME à ZORAIDE.

Vous voyés un Prince que j'aime,
Un héros, qui triomphe auffi tôt qu'il combat ;
Princeffe, je lui dois l'éclat
Dont brille mon diadême.

P I R A M E.

Que pouvoient contre vous de foibles ennemis ?

Tout tremble à votre nom fur la Terre & fur l'Onde:
Qui fuccéde à Sémiramis ,
Doit être le Maître du monde.
N I N U S.
Je le deviens par vos travaux.

Mais déja le Peuple s'avance.
Il vous doit un heureux repos :   .
Dans les tranfports de fa reconnoiffance,
Recevés des héros la jufte récompenfe.

S C E N E   IV.
NINUS, PIRAME, ZORAIDE, THISBÉ,
Guerriers, Chœur d'Assiriens
et d'Assiriennes.
N I N U S.

Honorés un héros , digne fang de vos Rois ;
Honorés un héros que la gloire couronne :
Chantés , célébrés fes exploits ;
Ninus le veut, Ninus l'ordonne.
L E   C H Œ U R.
Honorons un héros, digne fang de nos Rois ;
Honorons un héros que la gloire couronne :
Chantons, célébrons fes exploits ;
Ninus le veut, Ninus l'ordonne.
On danfe.

UNE ASSIRIENNE.

Lance tes traits, Amour ! viens animer nos Fêtes ;
Trïomphe de tous les héros.
Le tems où regne le repos,
Eſt favorable à tes conquêtes.

On danſe.

L'*ASSIRIENNE*, *alternativement avec le* CHŒUR.

De la victoire
Goûtons les attraits :
Comblés de gloire,
Vivons en paix.
Nous n'avons plus d'ennemis à domter :
Des yeux charmants ſont ſeuls à redouter.
Pourquoi ſe défendre
Des tendres amours ?
On en doit attendre
Les plus beaux jours.

On danſe.

LE CHŒUR.

De ce héros victorïeux,
Qu'à-jamais dure la mémoire ;
De l'Euphrate il ſoûtient la gloire,
Et la ſienne vole en tous lieux.

FIN DU PREMIER ACTE.

ACTE SECOND.

Le Théâtre repréfente les Jardins de N i n u s.

SCENE PREMIERE.

T H I S B É, *feule.*

Transports d'une innocente flâme,
Qu'avec plaifir je vous livre mon âme !

La gloire ramene en ce jour
Le Héros que mon cœur adore :
J'ai vu dans fes regards le feu qui le dévore,
Qu'il eft digne de mon amour !
Que puis-je defirer encore ?
Non, je ne forme plus de vœux :
Je perds le fouvenir d'une cruëlle abfence.
Je l'attends ce héros : dans mon impatïence,
je goûte des moments heureux.

Tranſports d'une innocente flâme,
Qu'avec plaiſir je vous livre mon âme !

SCENE II.
PIRAME, THISBÉ.

THISBÉ.

AH ! Prince, dans ce jour
Tout conſpire pour vous, & la gloire & l'amour.

PIRAME.

Thiſbé, cette gloire cruëlle
Ne m'a que trop long-tems éloigné de ces lieux.

THISBÉ.

Il eſt trop vrai, l'abſence eſt un tourment affreux :
Mais enfin je vous vois glorieux & fidele !

PIRAME.

Hélas !

THISBÉ.

Vous ſoûpirés ; grands Dieux !
Calmés mon trouble extrême.

PIRAME.

Lorſque vous partagés mes feux,
Pirame des mortels eſt le plus malheureux.

THISBÉ.

THISBÉ.

Qu'entends-je ? o Ciel !

PIRAME.

Ninus. ...

THISBÉ.

Parlés !

PIRAME.

Ninus vous aime,

THISBÉ.

Le Roi !

PIRAME.

Flaté de l'efpoir le plus doux,
Ce Roi, tombant à vos genoux,
Va vous offrir fon Diadême.

THISBÉ.

Vous devés connoître mon cœur :
Le Trône a-t-il pour moi des charmes ?
Prince, ma fidele ardeur
S'offenfe de vos allarmes.
Vous devés connoître mon cœur :
Le Trône a-t-il pour moi des charmes ?

PIRAME.

De ce reproche, hélas ! je connois tout le prix :
Mais comment refufer l'hommage
D'un Roi puiffant, de vos charmes épris ?

C

THISBÉ.

D'un Amant aimé, quel langage !
Quoi, vous-même, Cruël ! me faire cet outrage ?

PIRAME.

Craignons un Roi de son pouvoir jaloux.
Il s'avance : contraignés-vous.

SCENE III.

NINUS, THISBÉ, PIRAME.

NINUS, à PIRAME qui veut se retirer.

Pirame, demeurés : c'est en votre présence :
Que je veux rompre le silence.

(*à THISBÉ.*)

L'Amour, qui me guide en ces lieux,
Me fait chercher dans vos beaux yeux
Le destin que je dois attendre.
Non, ce n'est point un Roi, maître de l'Univers,
C'est un amant soûmis & tendre
Qui vient vous demander des fers.

THISBÉ.

Est-ce à Thisbé, Seigneur, que ce discours s'adresse ?
Ah ! songés que l'himen d'une illustre Princesse
Peut seul de vos Sujèts assûrer le bonheur.

NINUS.

Amour, gloire, beauté, tout à l'envi conspire
        A justifier mon ardeur :
        Partagés avec moi l'Empire,
        Et régnés seule dans mon cœur.

THISBÉ.

Non, Seigneur, je ne puis, sans devenir perfide,
        Accepter ces dons précieux.
        L'aimable & tendre Zoraïde
Mérite seule un rang, qui l'approche des Dieux.

NINUS.

Je lui peux assûrer un destin glorieux.

        (*à PIRAME.*)

        Vous seul pouvés dégager ma promesse,
        Et mériter cette Princesse.
Mais pour vous rendre encor plus digne de sa foi,
Devenés mon égal, Pirame ; soyés Roi.

THISBÉ, à part.

        Justes Dieux, quel est mon effroi !

NINUS, à PIRAME.

C'est trop peu de l'éclat que donne la victoire :
Un trône d'un héros doit animer les vœux ;
        Un trône manque à votre gloire :
                        C ij

Par vous je ne crains plus des Peuples orgueilleux,
Vous les avés soûmis; allés les rendre heureux.

Vous, qui vivés ici dans un doux esclavage,
Paroissés; venés rendre hommage
Au charmant objet de mes vœux.

SCENE IV.

NINUS, THISBÉ, PIRAME,
ESCLAVES ASIATIQUES, MAURES & AFRICAINS,
CHŒUR DE PEUPLES.

UN AFRICAIN.

Voi nos hommages,
Tendre Amour ;
Avec le flambeau du jour
Tu les partages :
Ce n'est que pour nous rendre heureux
Que tes feux
Brillent sur nos rivages :
Dieu plein d'attraits,
Tes traits
Font de doux ravages :
Nous aimons tes chaînes :
S'il en coûte des soûpirs,
On a cent fois plus de plaisirs
Qu'on n'a de peines.　　*On danse.*

LE CHŒUR.

Régnés sur nous, aimable Souveraine :
D'un tendre amant rempliffés les defirs ;
Que vos jours fortunés coûlent dans les plaifirs ;
Que le vaste Univers célébre votre chaîne.
　　　　　　On danse.

 ## PIRAME ET THISBÉ,

DEUX AFRICAINS.

Laiſſons-nous charmer
Du plaiſir d'aimer,
Le Printems de nos jours
Eſt pour les Amours:
Les biens les plus doux,
Ne ſont faits que pour nous;
Nous comptons nos plaiſirs
Par nos deſirs.

Le partage
Du bel âge
C'eſt d'aimer, pour être heureux.
Que de charmes!
Sans allarmes,
Les Ris & les Jeux
Vont former nos nœuds.

Laiſſons-nous charmer, &c.

Profitons des moments,
Hâtons-nous d'être Amants ;
L'Amour veut qu'à le ſuivre on s'empreſſe :
La Jeuneſſe
Fuit ſans-ceſſe;
Les beaux jours perdus
Ne reviennent plus.

Laiſſons-nous charmer, &c. *On danſe.*

SCENE V.

ZORAIDE, NINUS, & tous les ACTEURS de la Scêne précédente, *qui se retirent au quatrieme Vers suivant.*

ZORAIDE.

A Qui dans ces lieux veut-on plaire ?
Ne puis-je l'apprendre de vous ?
Pourquoi me fait-on un myftere
D'un fpectacle fi doux ?

NINUS.

Mon embarras doit vous fufire.

ZORAIDE.

Expliqués-vous ; parlés fans nul détour.

NINUS.

Que pourois-je vous dire ?

ZORAIDE.

Ah ! trahiriés-vous mon amour ?

NINUS.

Je ne veux plus cacher le feu qui me dévore.
Je vous avois promis une éternelle ardeur ;
Mais l'Amour, malgré moi, difpôfe de mon cœur :
Je l'avoue à regret, c'eft Thifbé que j'adore.

ZORAIDE.

Non, non, ce n'eſt point à regret
Que tu m'apprends ce funeſte ſecret :
Tu t'applaudis de ta foibleſſe extrême,
Et tu crois tout permis à ton pouvoir ſuprême.
Oublie, Ingrat ! le ſerment ſolemnel
Que tu fis de m'être fidele :
Mes ſoûpirs, ma douleur mortelle
Te rendent aſſés criminel.

NINUS.

D'un cœur qui vous trahit mépriſés la conquête.
Un Prince de mon Sang, trop digne d'être Roi,
En vous donnant la main. . . .

ZORAIDE.

                    Arrête.

Tu dédaignes ma main, & diſpôſes de moi !
    Crains que cette nouvelle offenſe,
De mon Pere outragé n'excite la vengeance.

    Son pouvoir obſcurcit les airs ;
Il peut les embrâſer par les feux du Tonnerre :
Il déchaine les Vents, il ſoûleve les Mers ;
    Il fait trembler, il fait ouvrir la Terre ;
Par de ſombres détours il deſcend aux Enfers ;
Il en peut évoquer mille Monſtres divers,
    Pour dèſoler, par une affreuſe guerre,
    Tous les Peuples de l'Univers.

               NINUS.

NINUS.

Les Dieux protegent ma Couronne ;
Mon bras faura la foûtenir.
Je n'obfcurcirai point l'éclat qui l'environne
Par la crainte de l'avenir.

ZORAIDE.

Tu ne crains rien ? Tremble, Perfide !
Ton orgueil te fera fatal.
Va, fuis le tranfport qui te guide ;
Thifbé me vengera : Pirame eft ton rival.

Elle fort.

SCENE VI.

NINUS, feul.

Pirame eft mon rival ! Ciel ! que viens-je d'en-
tendre ?
L'Objet que j'aime l'a charmé !
Le trouble de Thifbé n'a-t-il pas dû m'apprendre,
Que j'avois un rival aimé.

Il a trouvé l'art de lui plaire !
J'oublie en ce moment ce qu'il a fait pour moi.

D

Ah ! qu'il tremble le téméraire ,
Puisqu'il ôfe offenfer fon Roi!

De fa tendreffe il m'a fait un myftere.....
Quand je lui découvrois les fecrèts de mon cœur,
Peut-être qu'un aveu fincere
Auroit pu trïompher d'une fatale ardeur.

Ce feul crime arme ma fureur !
Pirame, tu me rends parjure ;
Ton fang lavera cette injure...
Ton fang ! puis-je le demander ?
Fierté, raifon, funefte flâme,
Qui tour-à-tour tirannifés mon âme ,
Ne pouvés-vous vous accorder ?

FIN DU SECOND ACTE.

ACTE TROISIEME.

*Le Théâtre repréſente une Campagne : On voit dans l'é-
loignement un Temple conſacré à CERÉS.*

SCENE PREMIERE.

ZORAIDE, *entrant d'un côté,* THISBÉ *de l'autre.*

ZORAIDE.

JE dois craindre votre préſence ;
Mais l'Amour ſeul a fait mon imprudence.

Qu'un tendre cœur, qui ſe ſent outrager,
Aiſément ſe laiſſe ſéduire
Par le plaiſir de ſe venger !

Dans l'état où j'étois, pouvois-je, hélas! songer
Que je puſſe vous nuire ?

THISBÉ.

Qu'attendiés-vous de vos tranſports jaloux ?
Vous m'avés rendu malheureuſe ,
Et vous n'avés rien fait pour vous.

ZORAIDE.

Ninus peut s'attendrir, ſon âme eſt généreuſe ;
J'ôſe encore eſpérer la fin de nos malheurs.
Je vous laiſſe ; & je vais, Princeſſe,
Ne montrer à l'ingrat que de tendres douleurs ;
Me plaindre, ſoûpirer, laiſſer coûler mes pleurs ;
Pour arracher Pirame au danger qui le preſſe ,
Découvrir toute ma foibleſſe.

SCENE II.

THISBÉ.

LE danger ne peut rien ſur un cœur généreux,
L'ambition eſt plus à craindre:
Ciel ! pourroit-elle le contraindre ,
A trahir de ſi tendres feux.

Mes yeux ſe rempliſſent de larmes ,

Je les fens coûler malgré moi.
Hélas! fi pour Thifbé la grandeur eft fans charmes,
En devroit-elle avoir, cher Pirame, pour toi ?

Non, non ; ta gloire me raffûre....
Foibles garants de ta fidélité !
Un Héros, en amour parjure,
En va-t-il moins à l'immortalité ?

S C E N E   I I I.
T H I S B É , P I R A M E.

P I R A M E.

L E Roi fait que je vous adore,
Son courroux va fe déclarer ;
Vainement il le cache encore:
Thifbé, c'en eft donc fait ! il faut nous féparer.

T H I S B É.

Nous féparer !.... Ah ! feriés-vous perfide ?..
Je n'ôfe me livrer à des foupçons jaloux :
Un Empire... Zoraïde...
Vous feroient-ils brifer des nœuds fi doux ?

P I R A M E

Moi, je ferois parjure !

Quoi, vous m'en foupçonnés? Je dois juftifier
Cette ardeur fi tendre & fi pure,
Qu'à votre feul bonheur j'allois facrifier.
Oui, j'irai, puifqu'enfin vous m'y forcés, Cruëlle!
Ingrat ami, prince rebelle,
J'irai percer un rival odïeux;
Mais je puis m'en punir en mourant à fes yeux.

Il veut fortir.

THISBÉ.

Arrêtés!.. Vous m'êtes fidele.
Ne me reprochés point cette injufte frayeur,
Que trop d'amour a fait paroître.

PIRAME.

Je fuis trop criminel; j'ai pu la faire naître.

THISBÉ.

Ceffés de m'accâbler; épargnés ma douleur:
N'oppôfons à nos maux qu'une âme plus fenfible.

PIRAME.

Et fi Ninus eft infléxible...
Que ne peut point un amant furïeux!

THISBÉ.

Je tremble pour vous feul.

PIRAME.

Vous méprisés ses feux.
Il vous aime ; craignés d'attirer sa colere.

THISBÉ.

Non ; j'ai trop su lui plaire

ENSEMBLE.

Quel amour ?.. Dieux cruëls ! épuisés vos rigueurs.
Quelques maux que sur nous votre haîne rassemble,
Vous ne pourés du-moins envïer à nos cœurs
Le funeste plaisir de soûpirer ensemble.

(*On entend une Simphonie champêtre.*)

PIRAME.

Les Habitants de ces Climats heureux
En ce jour, consacré par la reconnoissance,
De Cerès, tous les ans, implorent la puissance.
Les Jeux vont rassembler le Peuple dans ces lieux ;
Et, pour y présider, Zoraïde s'avance.
Esclave de votre naissance ;
Vous devés, malgré vous, prendre part à ces jeux.

SCENE IV.

ZORAIDE, THISBÉ, PIRAME.

THISBÉ.

Ninus fe rend-il à nos vœux ?

ZORAIDE.

Il craint de me revoir, après fon inconftance:
Heureufe, fi Ninus connoiffoit les remords !

PIRAME.

C'eft donc à moi, par de nouveaux efforts,
 A diffiper nos communes allarmes.
Je vais trouver le Roi, l'attendrir par mes larmes:
Heureux, fi nos malheurs émeuvent fa pitié !
Et fi le foûvenir du bonheur de mes armes
Peut furprendre en fon cœur un refte d'amitié !

      Il fort.

ZORAIDE ET THISBÉ.

Amour, fais éclater ta fuprême puiffance ;
Répare nos malheurs, écoute notre voix ;
  Rends à nos cœurs l'efpérance :
Voudrois-tu nous punir d'avoir fuivi tes loix ?

        SCENE

SCENE V.

ZORAIDE, THISBÉ, Chœur de Peuples, Bergers et Bergeres.

ZORAIDE & LE CHŒUR.

DÉefse, à qui tous les Mortels
　　　Élevent des Autels ;
Toi, qui d'un feul regard rends la Terre féconde,
O Cerès ! c'eft fur toi que notre efpoir fe fonde.

On danfe.

UNE ASSIRIENNE.

　　　Craindre l'Amour ,
　　　Quelle folie !
　　　Sans lui dans la vie
　　　Eft-il un beau jour ?
　　　Dans fes chaînes,
　　　S'il eft des peines,
　　　Les foins, les foûpirs,
Sont payés par les plaifirs.

On danfe.

L'ASSIRIENNE.

L'Amour fait naître nos defirs,
De tous les maux il nous confole :

E

Pour encens, il veut nos foûpirs;
Arrêtons le tems qui s'envole,
En nous livrant à fes plaifirs.

On danfe.

C H Œ U R,   derriere le Théâtre.

Un Monftre nous pourfuit, tout périt par fes coups.
Dans le Temple fauvons-nous tous.

S C E N E   VI.

ZOROASTRE, dans les Airs, ZORAÏDE.

Z O R O A S T R E.

ARrête, Zoraïde, & reconnois ton Pere;
Je ne me montre qu'à tes yeux.

(Il defcend de fon Char.)

Pour punir un Roi téméraire,
J'armerai, s'il le faut, & la Terre & les Cieux;
Déja, par fon ravage, un Monftre furïeux,
A ce Roi criminel annonce ma colere.

Z O R A I D E.

Ninus eft infidele, il nous brave tous deux;
Mais Ninus a trop fu me plaire.

Z O R O A S T R E.

De mon couroux je fufpens les effèts,

Je n'ai point de mon Art employé les secrèts,
Et je fais respecter le nœud qui nous engage ;
De ce Monstre, nourri dans le fond des forêts,
Je ne fais qu'animer la rage.
Je veux que Ninus tremble au fond de son Palais ;
Je veux de mille horreurs lui présenter l'image.
C'est par le malheur des Sujèts
Qu'on peut punir des Rois les injustes projèts.

ZORAIDE.

L'amour qui le posséde ignore toute crainte ;
Non, rien ne poura l'ébranler :
Ninus saura périr, & ne sait point trembler.
N'augmentés pas les maux dont mon âme est atteinte :
Epargnés un parjure Amant !
Je rougis de son inconstance ;
Et, malgré moi, dans ce moment
Je frémis de votre vengeance.

ZOROASTRE.

Non, vous l'aimés en vain.
Que dans ce jour un repentir sincere
Vous rende son cœur & sa main,
Ou rien ne retiendra ma trop juste colere.

ZORAIDE.

Malgré son changement, ma tendresse m'est chere.

ZOROASTRE.

N'espere pas de m'attendrir.

E ij

ZORAIDE.

Vous voulés me venger, & vous m'allés punir.

ZOROASTRE.

Le foin de ma grandeur étouffe ma tendreffe.
Je rougis de ton lâche amour !
En vain pour cet ingrat ta flâme s'intéreffe ;
Et je dois punir en ce jour
Sa perfidie & ta foibleffe.

Je demeure dans ce féjour
Occupé de ma gloire, & non de ton amour.
Qui craint de fe venger, mérite qu'on l'outrage.
Que l'Ingrat redoute ma rage.
Fefons régner dans ces climats
Et l'épouvante & le trépas.
Qui craint de fe venger, mérite qu'on l'outrage.

FIN DU TROISIEME ACTE.

ACTE QUATRIEME.

*Le Théâtre repréfente une Cour d'une architecture
forte & ruftique : On voit dans le fond une Tour con-
fidérable dans laquelle Pirame eft renfermé.*

SCENE PREMIERE.

*Une Simphonie, qui précéde l'entrée des Acteurs,
peint le lieu de la Scêne.*

ZORAIDE, NINUS.

ZORAIDE.

CEs murs affreux, où doit gémir le crime,
Renferment un Héros, l'appui de vos Sujèts ;
Si votre cœur fe livre à d'injuftes projèts,
    En doit-il être la victime ?

NINUS.

L'amour caufe en ce jour fon malheur & le mien :
Et s'il eft malheureux, fuis-je donc moins à plaindre ?
Ce dieu me fait chérir un funefte lien ;
A trahir mon devoir il a fu me contraindre ;

J'en rougis à vos yeux ; mais que fert-il de feindre ?
Je mourrai de l'ardeur dont je fuis confumé.
Eft-il fi malheureux ? hélas, il eft aimé !
Je ne puis que me faire craindre.

Z O R A I D E.

Soyés fidele & généreux ;
Partagés mon amour ; ne brifés point des nœuds...

N I N U S.

Non, je veux envain m'y réfoudre.
Si l'ingrate Thisbé dédaigne encor mes vœux,
Je laifferai tomber la foudre.

Z O R A I D E.

Qu'efperes · tu d'un barbare pouvoir ?
Qu'efperes-tu de ton orgueil extrême ?
Il fait naître mon dèfefpoir,
Et te rend malheureux toi - même.

Mais des Dieux le jufte couroux
Se fait fentir fur ce rivage ;
Armés contre un parjure, ils vengent mon outrage;
Tu ne peux éviter leurs coups.
Un Monftre, qu'anime la rage,
Porte déja par-tout l'horreur & le trépas.
Cruël à tes fujèts, tu tiens dans l'efclavage
Le feul héros, dont le courage
Pouroit de tant de maux délivrer ces climats.

Je le vois, ce difcours te bleffe,
Tu lis cependant dans mon cœur ;
Et fous les traits de la fureur,
Ingrat ! tu vois trop ma tendreffe.

NINUS.

N'accufés que le fort, dont l'injufte rigueur,
Malgré vous, malgré moi, de nos tranfports décide.
Vengés-vous, puniffés, oubliés un perfide.

ZORAIDE.

Quoi ? Zoraïde t'oublïer !
Tu veux donc que je t'aide à te juftifier ?
Ne le préfume pas ; jouïs de ma foibleffe :
Mais ma douleur du-moins troublera tes plaifirs.
Je te reprocherai fans-ceffe
Les foins, les ferments, les foûpirs
Dont tu furpris le cœur d'une fiere Princeffe :
Et peut-être qu'enfin l'excès de mes malheurs,
En terminant mes jours, t'arrachera des pleurs.

NINUS.

Ah, vous me déchirés par cette affreufe image !
Vos tourments, mes remords, tout s'arme contre
moi ! . . .
Je vous ai trop fait voir un feu qui vous outrage ;
Adieu : je ne fuis plus le maître de ma foi.

SCENE II.

ZORAIDE, *seule.*

JE demeure immobile, & ma flâme fatale
Trïomphe en ce moment de toute ma fureur.
Ma peine, hélas! est sans égale,
Je ne saurois jouïr même de la douceur
De pouvoir haïr ma Rivale.
Je souffre, & je la vois souffrir ;
Mon Amant m'abandonne, & le sien va périr !

SCENE III.

THISBÉ, ZORAIDE.

THISBÉ.

EH bien ! calmerés-vous mes mortelles allarmes ?
Avés - vous de Ninus dèsarmé la rigueur ?

ZORAIDE.

Hélas ? voyés coûler mes larmes.

THISBÉ.

Elles m'apprennent trop notre commun malheur.

ZORAIDE.

Z O R A I D E.

Fiere, foûmife, & plus encor fenfible,
  J'ai tout tenté pour l'émouvoir:
  Ma tendreffe, mon dèfefpoir,
  N'ont trouvé qu'un cœur infléxible.

T H I S B É.

O ciel! mon amant va périr!
Ah, cherchons le Tiran: pour fléchir fa colere,
  Promettons - tout...

Z O R A I D E.

Qu'ôfés-vous faire?
Mon Pere vient vous fecourir.

SCENE IV.

ZOROASTRE, THISBÉ, ZORAIDE.

ZOROASTRE, à THISBÉ.

Z Oroaftre connoît la fource de vos pleurs,
Confolés-vous, Thisbé ; je vous rendrai Pirame.
Puiffe un deftin heureux, finiffant vos malheurs,
     Couronner enfin votre flâme!

Efprits, qui dans les Airs faites votre féjour,
Qui commandés aux Vents, qui formés le Tonnerre,
Vous, Efprits, qui regnés au centre de la Terre,
     Obéiffés-moi dans ce jour.
En paroîflant ici fous des formes humaines,
Confervés un pouvoir qui n'eft point limité.
Faites tomber ces murs ; rompés, brifés les chaînes
Qui tiennent un héros dans la captivité :
     Qu'il vous doive la liberté.

(*Les Efprits Aëriens traverfent le Théâtre dans des nua-*
ges, tandis que les Efprits de la Terre en fortent.)

CHŒUR de GNOMES & de SILPHIDES.

Mortel, qui le premier nous as donné des loix,
Tout l'Univers retentit de ta gloire ;

Pour une nouvelle victoire,
Nous accourons tous à ta voix.

(*Danse des* GNOMES *, suivie de celle des* SILPHIDES.)

ZOROASTRE *, alternativement avec le* CHŒUR.

Détruisons , renversons ces murs !
Que la brillante lumiere
De l'astre qui nous éclaire
Pénétre dans ces lieux obscurs :
Détruisons, renversons ces murs !
D'une trop barbare puissance,
Fesons triompher l'innocence !

(*Les* GNOMES *& les* SILPHIDES *se réunissent pour
exécuter les ordres de* ZOROASTRE.)

ZOROASTRE & LE CHŒUR.

Détruisons , &c.

(*Pendant ce* CHŒUR, *la Tour où* PIRAME *est renfermé, se détruit en partie : on voit ce Prince dans le fond
de l'intérieur du bâtiment; il paroît entouré de chaînes
brisées.)*

SCENE V.

PIRAME, *délivré*;

Les ACTEURS de la Scêne précédente.

PIRAME.

Quoi? Princesse, c'est vous !

THISBÉ.

Ah ! c'est vous!

PIRAME, ET THISBÉ.

Quel bonheur
Envain le sort sur nous épuise sa rigueur ;
Je brûle d'une ardeur que rien ne peut éteindre
Vous m'aimés, je vous vois; mon sort n'est plus à
plaindre!

THISBÉ.

Zoroastre finit nos maux.

ZOROASTRE.

Je dois protéger les héros.

PIRAME.

Sans votre puissance suprême ,
L'injustice alloit m'opprimer.

Ma reconnoiſſance eſt extrême :
Mais, Seigneur, comment l'exprimer ?
Vous me rendés à ce que j'aime.

ZOROASTRE.

Tous les moments ſont précïeux.
Amants, éloignés-vous de ces funeſtes lieux.

PIRAME, à THISBÉ.

Je ne dois point ici paroître.
Daignés vous rendre aux Tombeaux de nos Rois.
Puiſſe l'Amour, de nos cœurs le ſeul maître,
A l'Univers faire connoître,
Qu'il n'abandonne point ceux qui ſuivent ſes loix !

(PIRAME & THISBÉ ſortent.)

SCENE VI.

ZOROASTRE, ZORAIDE.

ZOROASTRE.

Ninus, tu voulois me braver ;
Vois contre moi ce que peut ta puiffance !
Ces Amants fortunés commencent ma vengeance :
Et leur fuite va l'achever.

ZORAIDE.

Loin de murmurer contre un Pere ;
Je dois fonger à l'imiter ;
Je partage votre colere ,
Elle ne peut trop éclater.

ENSEMBLE.

Dieux tout-puiffants ! les Rois font votre image ;
Ils doivent aux Mortels l'exemple des vertus.
Un Roi parjure vous outrage ;
Trop fier de fon pouvoir, il ne fe connoît plus.
Tonnés, Dieux immortels, lancés fur lui la foudre,
Et réduifés fon Trône en poudre !

FIN DU QUATRIEME ACTE.

ACTE CINQUIEME.

*Le Théâtre repréſente un Bois épais : On voit, à-travers
les arbres, les Tombeaux des Rois Aſſiriens. La Scêne
commence quelques moments avant l'Aurore.*

SCENE PREMIERE.

T H I S B É, ſeule.

Amour ! que ton flambeau me guide ;
Raſſûre une amante timide,
Qui craint pour l'objet de ſes vœux.

Fais qu'il échape au ſort qu'un tiran lui prépare ;
Fais que, ſous un ciel moins barbare,
Nous puiſſions, ſous tes loix, être à-jamais heureux.

Amour ! que ton flambeau me guide ;
Raſſûre une amante timide,
Qui craint pour l'objet de ſes vœux.
(Le Théâtre s'eclaire par dégrés.)

Mais l'Aurore déja dans cette folitude,
Vient annoncer l'Aftre du jour.
Hélas ! fon promt retour
Augmente mon inquïétude.

Non, rien ne fauroit l'apaifer,
Cher Pirame , que ta préfence.
Se pouroit-il que l'efpérance
Voulût encor nous abufer ?

Parois ; que tardes-tu ? Le jour déja s'avance.
Mais je ne te vois point, & ne puis t'accufer ;
Je fens trop ton impatïence.

CHŒUR , derriere le Théâtre.
Fuyons, fuyons un Monftre furïeux,
Ah ! quelle horreur ! ah ! quel ravage !

THISBÉ.
Quels cris perçants montent jufques aux Cieux !

CHŒUR, Fuyons, &c.

THISBÉ.
Le Monftre approche de ces lieux.
Sauvés, Pirame, juftes Dieux !

CHŒUR, Fuyons, &c.

THISBÉ fuit voyant le Monftre , & laiffe tomber
fon voile.

SCENE II.

SCENE II.

PIRAME, *voyant le Monſtre qui vient à lui.*

INfortunés Sujèts d'un Prince qui m'outrage ,
Voyés ce que pour vous peut encor mon courage.

(*Il combat le Monſtre , & le tue.*)

Le Monſtre enfin a ſuccombé.

Mais c'eſt dans ce ſéjour champêtre
Que devoit ſe rendre Thiſbé.
Ciel ! je ne la vois point paroître.
Quel trouble me ſaiſit ! qui peut le faire naître ?
Ninus la retient il ? eſt-elle en ſon pouvoir ? ...
Dieux ! quel ſeroit mon dèſeſpoir ,
Et celui d'une tendre amante !

Thiſbé ! .. Rien ne répond à mes triſtes accents.
Thiſbé ! .. Que ce ſilence m'épouvente !
Le trouble affreux que je reſſens,
M'annonce que le ſort peut trahir mon attente.
Ah ! pour m'en éclaircir , parcourons ces forêts...
Mais que vois-je ! grands Dieux ! quels terribles
objèts !
Le voile de Thiſbé .. teint de ſang ! .. Sort barbare !

(*Il regarde le Voile.*)
G

Ces chiffres formés par sa main ,
La soudaine terreur qui de mon cœur s'empare,
Tout m'apprend de Thisbé le funeste destin.
C'est moi qui lui perce le sein !
Conduit par mon inquiëtude ,
J'ai dû la devancer dans cette solitude ,
Périr , ou l'arracher à son sort inhumain.
C'est moi qui lui perce le sein !

Ah ! que de ma douleur le trépas me délivre.
Puisque tu ne vis plus, je déteste le jour.,
Chere Thisbé ! l'Amour
M'ordonne de te suivre.

(Il se frappe , & tombe sur un gazon.)

SCENE III.

THISBÉ, PIRAME, *mourant.*

THISBÉ, fans voir PIRAME.

LE calme regne ici, le Monftre furieux
 Porte ailleurs fa funefte rage.
Mais, non, percé de coups, il expire en ces lieux.
Ah ! Thifbé, reconnois le bras victorieux
Qui d'un affreux danger en ce jour te dégage :
C'eft ton Amant, c'eft lui : tout céde à fon courage.

(Appercevant PIRAME.)

 Mais, quel objet frappe mes yeux !
 Pirame !

PIRAME, mourant.

 Quelle voix m'appelle !
Thifbé. . . c'eft vous. . . O fort trop rigoureux !
 La mort brife nos nœuds.

THISBÉ.

O Ciel ! quelle main criminelle...

PIRAME.

Trompé par ce voile fatal,

G ij

Hélas ! pouvois-je vous furvivre ?
Vous vivés, & je meurs ! Un barbare rival
Dans ces forêts va vous pourfuivre ;
Je crains fon amour , fa fureur ;
Jamais mon cœur ne fut fi tendre ;
Et j'expire avec la douleur
De ne pouvoir plus vous défendre.

(Il meurt.)

THISBÉ.

Tout ce que j'adorois n'eft plus !
Soûpirs, regrèts, vous êtes fuperflus ;
Pour la derniere fois Pirame a vu l'aurore.
Pirame expire, & Thifbé vit encore !
Non, rien ne peut nous féparer ;
Ta mort fera bientôt de la mienne fuivie.
Si pour quelques moments je conferve la vie,
Tu n'en dois point, chere Ombre, murmurer ;
Il faut que t n rival te porte encor envie :
Je faurai le frapper des plus fenfibles coups,
Et le laiffer enfin plus malheureux que nous.

SCENE DERNIERE.

THISBÉ, NINUS, GARDES.

N I N U S.

VOus me fuyés, Cruëlle !
Vous méprifés un Roi, qui n'adore que vous,
Pour fuivre le fort d'un rebelle,
Qui ne peut échaper à mes tranfports jaloux.

THISBÉ, montrant le corps de PIRAME.

De ce Héros vois ce qui refte.

N I N U S.

O Ciel !

T H I S B É.

Affouvis-toi d'un fpectacle funefte ;
Regarde ce fang précieux,
Ce fang qui demande vengeance.
Cœur ingrat, c'eft ton inconftance,
Ta cruauté, ton amour odieux,
Qui le répandent dans ces lieux.

N I N U S.

Je plains...

T H I S B É.

Fauſſe pitié, qui ne peut rien produire :
Fauſſe pitié, qui ne peut me ſéduire !
Ne l'eſpere pas aujourd'hui.
J'abhorre, Roi cruël ! ta flâme criminelle.
Celle de mon Amant étoit pure & fidele :
Il meurt pour moi, je meurs pour lui.

(*Elle ſe frappe d'un poignard.*)

F I N.

APPROBATION.

JAI lu, par ordre de Monſeigneur le Chancelier, une Réimpreſſion de l'Opéra de PIRAME ET THISBE', Trâgédie. A Verſailles, le 7 Janvier 1759.

DEMONCRIF.